隴西李　賀　長吉

追何謝銅雀妓

佳人一壺酒秋容滿千里石馬卧新煙憂來何所以
歌聲且潛弄陵樹風自起長裾壓高臺淚眼看花机

送秦光禄北征

北虜膠堪折秋沙亂曉鼙髯胡頻犯塞驕氣似横霓
灞水樓船渡營門細柳開將軍馳白馬豪彥騁雄材
箭射攙搶落旗懸日月低榆稀山易見甲重馬頻嘶
天遠星光没沙平草葉齊風吹雲路火雪汚玉關泥
屢斷呼韓頸曾燃董卓臍太常猶舊寵光禄是新階
寶玦麒麟起銀壺拂啼桃花連馬發綵絮撲鞍来
呵臂懸金斗當脣注玉罍清蘇和碎蟻紫膩卷浮盃
虎鞹先蒙馬魚腸且斷犀趁遭西旅狗蹙頞北方奚
守帳燃香暮看鷹永夜棲黃龍就別鏡青冢念陽臺
周處長橋役侯調短弄哀錢塘階鳳羽正室臂鸞釵
内子攀琪樹羌兒奏落梅今朝擎劒去何日刺蛟迴

酬答二首

金魚公子夾衫長密裝腰鞓割玉方行處春風隨馬
尾柳花偏打内家香

雍州二月海池春御水鵁鶄暖白蘋試問酒旗歌板地今朝誰是拗花人

畫角東城

河轉曙蕭蕭鵶飛睥睨高帆長摽越甸壁冷挂吳刀淡菜生寒日鮞魚濺白濤水花霑抹額旗鼓夜迎潮

謝秀才有妾縞練改從於人秀才引留之不得後生感憶座人製詩嘲謝賀復繼四首

誰知泥憶雲望斷梨花春荷絲楚機練竹葉剪花裙月明啼阿姊燈暗會良人也識君夫壻金魚挂在身

銅鏡立青鸞燕脂拂紫綿腮花弄暗粉眼尾淚侵寒碧玉破瓜後瑶琴重撥絃今日非昔日何人敢正看

洞庭思不禁蜂子採花心灰暖殘香炷髮冷青蟲簪夜遙燈焰短紅熟小屏深好作鴛鴦夢南城罷擣碪

尋常輕宋玉今日嫁文鴦戟幹橫龍簴刀環倚桂牕邀人裁半袖端坐據胡牀淚濕紅輪重栖烏上井塘

昌谷讀書示巴童

蟲響燈光薄宵寒藥氣濃君憐垂翅客辛苦尚相從

巴童荅

巨鼻宜山褐龐眉入苦吟非君唱樂府誰識怨秋深

代崔家送客

行蓋柳煙下馬蹄白翩翩恐隨行處盡何忍重揚鞭

出城

雪下桂花稀啼烏被彈歸關水乘驢影秦風帽帶垂
入鄉誠萬里無印自堪悲卿卿忍相問鏡中雙淚姿

莫種樹

園中莫種樹種樹四時愁獨睡南牀月今秋似去秋

將發

東牀卷席罷濩落將行去秋白遥遥空月滿門前路

畫江潭苑四首

呉苑曉蒼蒼宫衣水濺黄小鬟紅粉薄騎馬珮珠長

路指臺城迥羅薰袴褶香行雲霑翠輦今日似襄王

寶袜菊衣單蕉花密露寒水光蘭澤葉帶重剪刀錢

角暖盤弓易靴長上馬難淚痕霑寝帳匀粉照金鞍

剪翅小鷹斜縚根王鏇花鞦垂粧細粟箭箙釘文牙

鸎鸎啼深竹鵁鶄老濕沙宫官燒蠟火飛燼汙鉛華

旗濕金鈴重霜乾玉鐙空今朝畫眉早不待景陽鍾

十騎簇芙蓉衣小隊紅練香燻宋鵲尋箭踏盧龍

潞州張大宅病酒遇江使寄上十四兄

秋至昭關後當知趙國寒繫書隨短羽寫恨破長箋
病客眠清曉疎桐墜綠鮮城鴉啼粉堞軍吹壓蘆煙

岸幘褰紗幌枯塘臥折蓮木牕銀跡畫石蹬水痕錢
旅酒侵愁肺離歌繞懦絃詩封兩條淚露折一枝蘭
莎老沙雞泣松乾瓦獸殘覺騎燕地馬夢載楚溪舩
椒桂傾長席鱸魴斫玳筵豈能忘舊路江島滯佳年

難忘曲　古詩有君家誠易知易知復難忘

夾道開洞門弱柳低畫戟簾影竹華起簫聲吹日色
蜂語繞粧鏡拂蛾學春碧亂繫丁香梢滿欄花向夕

賈公閭貴婿曲

朝衣不須長分花對袍縫嚶嚶白馬春滿腦黃金重
金朝香氣苦珊瑚澀難枕且要弄風人暖蒲沙上飲

鸎語踏簾鉤日虹屏中碧潘令在河陽無人死芳色

夜飲長眠曲

觴酣出座東方高腰橫半解星勞勞柳苑鴉啼公主
醉薄露壓花蕙園氣玉轉濕絲牽曉水熱粉生香琅
玕紫夜飲朝眠斷無事楚羅之幃臥皇子

王濬墓下作

人間無阿童猶唱水中龍白草侵煙死秋梨遶地紅
古書平黑石神劍斷青銅耕勢魚鱗起墳科馬鬣封
菊花垂濕露棘逕臥乾蓬松柏愁香澀南原幾夜風

客遊

悲滿千里心日暖南山石不謁承明廬老作平原客
四時別家廟三年去鄉國旅歌屢彈鋏歸問時裂帛

崇義里滯雨

落漠誰家子來感長安秋壯年抱羇恨夢泣生白頭
瘦馬秣敗草雨沫飄寒溝南宮古簾暗濕景傳籤籌
家山遠千里雲脚天東頭憂眠枕劍匣客帳夢封侯

馮小憐

灣頭見小憐請上琵琶絃破得春風恨今朝直幾錢
裙垂竹葉帶鬢濕杏花煙玉冷紅絲重齊宮妾駕輦

贈陳商

長安有男兒二十心已朽楞伽堆案前楚辭繫肘後
人生有窮拙日暮聊飲酒祇今道已塞何必須白首
淒淒陳述聖披褐鉏俎豆學爲堯舜文時人責衰偶
柴門車轍凍日下榆影瘦黃昏訪我來苦節青陽皺
太華五千仞劈地抽森秀旁古無寸尋一上戞牛斗
公卿縱不憐寧能鎖吾口李生師太華大坐看白晝
逢霜作樸樕得氣爲春柳禮節乃相去顦顇如芻狗
風雪直齊壇墨組貫銅綬臣妾氣態間唯欲承箕箒
天眼何時開古劒庸一吼

釣魚

秋水釣紅渠仙人待素書菱絲縈獨繭蒲米蟄雙魚斜竹垂清沼長綸貫碧虛餌懸春蜴蜥釣墜小蟾蜍詹子情無限龍陽恨有餘爲看煙浦上楚女淚霑裾

奉和二兄罷使遣歸延州

空留三尺劍不用一丸泥馬向沙場去人歸故國來留愁翻隴水酒喜瀝春灰錦帶休驚鴈羅衣尚鬬雞還吳已渺渺入郢莫淒淒自是桃李樹何畏不成蹊

荅贈

本作張公子曾名蕚綠華沈香熏小象楊柳伴啼鴉露濕金泥冷盃闌玉樹斜琴堂沽酒客新買後園花

題趙生壁

大婦燃竹根中婦舂玉屑冬暖十松枝日煙坐蒙滅木蘚青岡老石井水聲發曝背卧東亭桃花滿肌骨

感春

日暖白蕭條花悲北郭騷榆穿萊子眼柳斷舞兒腰上幕迎神鷰飛絲送百勞胡琴今日恨急語向檀槽

仙人

彈琴石壁上翻翻一仙人手持白鸞尾夜掃南山雲鹿飲寒澗下魚歸清海濵時時漢武帝書報桃花春

河陽歌

添羅衣秋藍難著色不是無心人爲作臺邛客花燒
中誕城顏郎身已老惜許兩少年抽心似春草今日
見銀牌今夜鳥玉譙牛頭高一尺隔坐應相見日從
東方來酒從東方轉觥船飫口紅蜜炬千枝爛

花遊曲并序

寒食日諸王妓遊賀入座因採梁簡文詩調賦花遊
曲與妓彈唱

春柳南陌態冷花寒露姿今朝醉城外拂鏡濃掃眉
煙濕愁車重紅油覆畫衣舞裙香不暖酒色上來遲

春晝

朱城報春更漏轉光風催蘭吹小殿草細堪梳柳長
如練卷衣秦帝掃粉趙燕日含畫幕蜂上羅薦平陽
華鳩河陽花縣越婦搘機吳蠶作繭菱汀繫帶荷塘
倚扇江南有情塞北無恨

安樂宮

深井桐烏起尚復牽清水未盥邵陵王瓶中弄長翠
新城安樂宮宮如鳳凰翅歌迴蠟板鳴大棺提壺使
綠繁悲水曲茱萸別秋子

胡蝶飛

楊花撲帳春雲熱龜甲屏風醉眼纈東家胡蝶西家

飛白騎少年今日歸

梁公子

風彩出蕭家本是菖蒲花南塘蓮子熟洗馬走江沙
御牋銀沫冷長簟鳳窠斜種柳營中暗題書賜館娃

牡丹種曲

蓮枝未長秦蘅老走馬馱金斸春草水灌香泥却月
盆一夜綠房迎白曉美人醉語園中煙晚華已散蝶
又闌梁王老去羅衣在拂袖風吹蜀國絃歸霞帔拖
蜀帳昏嫣紅落粉罷承恩檀郎謝女眠何處樓庭月
明鸞夜語

後園鑿井

井上轆轤牀上轉水聲繁絲聲淺情若何荀奉倩城
頭日長向城頭住一日作千年不須流下去

開愁歌筆下作

秋風吹地百草乾華容碧影生晚寒我當二十不得
意一心愁謝如梧蘭衣如飛鶉馬如狗臨岐擊劒生
銅吼旗亭下馬解秋衣請貰宜陽一壺酒壺中喚天
雲不開白晝萬里閑淒迷主人勸我養心骨莫受俗
物相填豗

秦宮詩并序

漢人秦宮將軍梁冀之嬖奴也秦宮得寵內舍故以驕名大譟於人予撫舊而作長辭以馮子都之事相爲對望又云昔有之詩

越羅衫袂迎春風玉刻麒麟腰帶紅樓頭曲宴仙人語帳底吹笙香霧濃[illegible]酒暖春茫茫花枝入簾白日長飛牕複道傳籌飲午夜銅盤膩燭黃禿衿小袖調鸚鵡紫繡麻霞踏孝虎斫桂燒金待曉筵白鹿清蘇夜半煮桐陰永巷 調生馬內屋屏風生色畫開門爛用水衡錢卷起黃河向身瀉皇天厄運猶曾裂秦宮一生花裏活鸞篦奪得不還人醉臥氍毹滿堂月

古鄴城童子謠効王粲曹操

鄴城中暮塵起將黑丸斫文吏棘爲鞭虎爲馬團團走鄴城下切玉劒射日弓獻何人奉相公扶轂來關右兒香掃塗相公歸

楊生青花石硯歌

端州石工巧如神踏天磨刀割紫雲傭刓抱水含滿脣暗灑萇弘冷血痕紗帷晝暖墨花春輕漚漂沫松麝薰乾膩薄重立脚勻數寸光秋無日昏圓毫促點聲靜新孔硯寬頑何足云

房中思

新桂如娥眉秋風吹小綠行輪出門去玉鑾聲斷續
月軒下風露曉庭自幽澁誰能事貞素卧對莎雞泣

石城曉

月落大堤上女垣棲烏起細露濕團紅寒香解夜醉
石子渡天河柳煙滿城曲上客留斷纓殘娥鬬雙綠
春帳依微蟬翼羅横茵突金隱躰花帳前輕絮鶴毛
起欲說春心無所以

苦晝短

飛光飛光勸爾一杯酒吾不識青天高黄地厚唯見
月寒日暖來煎人壽食龍則腓食蛙則瘦神君何在

太一安有天東有若木下置銜燭龍吾將斬龍足
嚼龍肉使之朝不得迴夜不得伏自然老者不死少
者不哭何爲餌黄金吞白玉誰似任公子雲中騎碧
驢劉徹茂陵多滯骨嬴政梓棺費鮑魚

章和二年中

雲蕭索田風拂拂稜芒如簪黍如粟關中父老百領
襦關東吏人乏詬租健犢春耕土膏黒菖蒲叢叢沿
水脉殷勤爲我下田租百錢携賞絲桐客遊春漫光
塢花白野林散香神降席拜神得壽獻天子七星貫
斷姮娥死

春歸昌谷

東髮方讀書謀身苦不早終軍未乘傳顏子鬢先老
天誠信祟大矯上常慅慅逸目騁甘華覊心如荼蓼
旱雲二三月岑岫相顛倒誰揭頳玉盤東方發紅照
春熱張鶴蓋兔目官槐小思焦面如病嘗膽腸似絞
京國心爛漫夜夢歸家少發軔東門外天地皆浩浩
青樹驪山頭花風滿秦道宮臺光錯落裝畫偏峯嶠
細綠及團紅當路雜啼笑香氣下高廣鞍馬正華耀
獨乘梅接車自覺少風調心曲語形影抵身焉足樂
豈能脫負擔刻鶴曾無兆幽幽太華側老柏如建纛

龍皮相排戛翠羽更蕩掉驅趍委憔悴眺覽強容皃
花蔓閡行輈縠煙暝深徼少健無所就入門愧家老
聽講依大樹觀書臨曲沼知非出神虎甘作藏霧豹
韓烏處增繳湘儵在籠罩狹行無廓落壯士徒輕躁

昌谷詩五月二十七日作

昌谷五月稻細青滿平水遙巒相壓疊頹綠愁墮地
光潔無秋絲涼曠吹浮媚竹香滿淒寂粉節塗生翠
華髮亞恨鬢光露泣幽淚層團爛洞曲芳徑老紅醉
攢蟲鏤古柳蟬子鳴高邃大帶委黃葛紫蒲交狹涘
石錢差復藉厚葉皆蟠膩汰沙好平白立馬印青字

晚鱗自遨造瘦鵠鳴單跱嘹嘹濕蛄聲咽源驚濺起
紆綾王眞路近武后巡幸路神娥蕙花裏苔絮縈澗礫山實
垂頳紫小柏儼重扇肥松突丹髓鳴流走響韻壠秋
拖光穟鸞唱閑女歌瀑懸楚練帔風露滿笑眼駢巖
雜舒墜亂條迸石巔細頸喧鳥烋日腳掃歸翳新雲
啓華閟謐謐厭夏光商風道清氣高眠服玉容燒桂
祀天几谷與女山嶺阪相承山腳蘭香神女上天處也遺几在焉霧衣夜披拂眼
壇夢直粹待駕棲鸞老故宮椒壁圮福昌宮在谷之東鴻龍
數鈴響羇臣發涼思陰藤束朱鍵龍帳著魈魅碧錦
帖花檉香衾事殘貴歌塵蠹末年無綵長雲似珍壤

劃繡段里俗祖風義隣凶不相忤沒病無邪祀鮐皮
識仁惠丱角知靦恥縣省司刑官戶乏詬租吏竹藪
添墮簡石磯引紉餌溪灣轉水帶芭蕉傾蜀紙岑色
晃穀襟孤寡拂繁事泉樽陶宰酒月眉謝郎妓丁丁
幽鐘遠矯矯單飛至霞巘般嵳峩危溜聲爭次淡蛾
流平碧薄月渺陰悴涼光入澗岸廓盡山中意漁童
下宵網霜禽竦煙翅潭鏡滑蛟涎浮珠噞魚戲風桐
摇匣瑟螢星錦城使柳綴長縹帶篁掉短笛吹石根
緑彩蘇蘆笋抽丹漬漂旋弄天影古檜拏雲臂愁目
微帳紅骨雲香蔓刺茲麥平百井閑乘列千肆刺促

成幾人好學鴟夷子

銅駝悲

落魄三月罷長花去東家誰作送春曲洛岸悲銅駝
橋南多馬客北山饒古人客飲盃中酒駝悲千萬春
生世莫徒勞風吹盤上燭厭見桃株笑銅駝夜來哭

自昌谷到洛後問

九月大野白蒼岑竦秋門寒涼十月末露霰濛曉昏
澹色結晝天心事塡空雲道上千里風野竹蛇蜒痕
石爛東波聲雞叫清寒晨強行到東舍解馬投舊隣
東家名廖者鄉曲傳姓辛杖頭非飲酒吾請造其人
始欲南去楚又將西適秦襄王與武帝各自流青春
聞道蘭臺上宋玉無歸魂緗縹兩行字蟄蟲蠹秋芸
爲探秦臺意豈命余負薪

七月一日曉入太行

一夕遶山秋香露溘蒙菉新橋倚雲阪候虫嘶露樸
洛南今已遠越衾誰爲熟石氣何凄凄老莎如短鏃

秋涼詩寄正字十二兄

閑門感秋風幽姿任契闊大夜生素空天地曠肅殺
露光泣殘蕙蟲響連夜發房寒寸輝薄迎風絳紗折
題書古雲覆恨唱華容歇百日不相知花光變涼節

弟兄誰念慮戕翰既通達青袍度白馬草簡奏東闕
夢中相聚笑覺見半牀月長思尋劇環亂憂抵覃葛

歌詩編第三

歌詩編第四

隴西李　賀　長吉

艾如張 艾音乂

錦襜褕繡襠襦強強飲啄哺爾雛隴東臥穟滿風雨莫逐良媒隴西去齊人織網如素空張在野田平碧中網絲漠漠無形影誤爾觸之傷首紅艾葉綠花誰剪刻中藏禍機不可測

上雲樂

飛香走紅滿天春花龍盤盤上紫雲三千宮女列金屋五十絃瑟海上聞天江碎碎銀沙路嬴女機中斷

煙素斷煙素縫衣舞八月一日君前舞

巫山高

碧叢叢高插天大江飜瀾神曳煙楚魂尋夢風颸然曉嵐飛雨生苔錢瑤姬一去一千年丁香筇竹啼老猿古祠近月蟾桂寒椒花墜紅濕雲間

摩多樓子

玉塞去金人二萬四千里風吹沙作雲一時渡遼水天白水如絹甲絲雙串斷行行莫苦辛城月猶殘半曉氣朝煙上趢趄胡馬蹄行人聽水別隴上長東西

猛虎行 四言

長戈莫舂強弩莫抨乳孫哺子教得生獰舉頭爲城掉尾爲旌東海黃公愁見夜行道逢騶虞牛哀不平何用尺刀壁上雷鳴泰山之下婦人哭聲官家有程吏不敢聽

日出行

白日下崑崙發光如舒絲徒照葵藿心不見遊子悲折折黃河曲日從中央轉暘谷耳曾聞若木眼不見柰爾鑠石胡爲銷人羿彎弓屬矢那不中足令久不得奔詎教晨光夕昏

苦篁調嘯引

請說軒轅在時事伶倫採竹二十四伶倫採之自崑丘軒轅詔遣中分作十二伶倫以之正音律軒轅以之調元氣當時黃帝上天時二十三管咸相隨唯留一管人間吹人間無德不能得此管沈埋虞舜祠

拂舞歌詞

吳娥聲絕天空雲閑徘徊門外滿車馬亦須生綠苔樽有烏程酒勸君千萬壽全勝漢武錦樓上曉望晴寒飲花露東方日不破天光無老時丹成作蛇乘白霧千年重化玉井土從蛇作土二千載吳堤綠草秊秊在背有八卦稱神仙邪鱗頑甲滑腥涎（一本脡）

夜坐吟

踏踏馬頭誰見過眼看北斗直天河西風羅幕生翠波鉛華笑妾顰青娥為君起唱長相思簾外嚴霜皆倒飛明星爛爛東方陲紅霞稍出東南涯陸郎去矣乘班騅

箜篌引又曰公無渡河

公乎公乎提壺將焉如屈平沈湘不足慕徐衍入海誠為愚公乎公乎牀有菅席盤有魚北里有賢兄東鄰有小姑隴畝油油黍與葫瓦甒濁醪蟻浮浮黍可食醪可飲公乎公乎其奈居被髮奔流竟何如賢兄小姑哭嗚嗚

平城下

飢寒平城下夜夜守明月王劍無玉花海風斷鬢髮塞長連白空遙見漢旗紅青帳吹短笛煙霧濕晝龍日魄在城上依稀望城下風吹孤蓬起城中嘶瘦馬借問築城吏去關幾千里唯愁裹屍歸不惜倒戈死

江南弄

江中綠霧起涼波天上疊巘紅嵯峨水風浦雲生老竹渚暝蒲帆如一幅鱸魚千頭酒百斛酒中倒卧南山綠吳歈越吟未終曲江上團團帖寒玉

榮華樂一作東洛梁家謡

鳶肩公子二十餘齒編貝脣激朱氣如虹蜺飲建瓴走馬夜歸叫嚴更徑穿複道遊椒房龍裘金玦雜花光玉堂調笑金樓子臺下戲學邯鄲唱口吟舌話稱女郎錦袪繡面漢帝旁得明珠十斛白璧一雙新詔垂金曳紫光煌煌馬如飛人如水九卿六官皆望履將迴日月先反掌欲作江河唯畫地峨峨虎冠上切雲竦劒晨趍凌紫氛繡段千尋貽皁隸黃金百鎰貺家臣十二門前張大宅晴春煙起連天碧金鋪綴日雜紅光銅龍齧環似爭力瑶姬凝醉卧芳席海素

籠牕空下隔丹穴取鳳充行庖玃玃如拳那足食金蟾呀呀蘭燭香軍裝武妓聲琅璫誰知花雨夜來過但見池臺春草長嘈嘈絃吹匝天開洪崖簫聲遶天來天長一矢貫雙虎雲弝絕騁聒旱雷亂袖交竿管兒舞吳音緑鳥學言語能教刻石平紫金解送刻毛寄新兔三皇后七貴人五十校尉二將軍當時飛去逐彩雲化作今日京華春

瑶華樂

穆天子走龍媒八轡冬瓏逐天迴五精掃地凝雲開高門左右日月環四方錯鏤稜層殷舞霞垂尾長

盤珊江澄海淨神母顏施紅點翠照虞泉曳雲拖玉下崑山列布旆如松張蓋如輪金風殿秋清明發春八鑾十乘矗如雲屯瓊鍾瑤席甘露文玄霜絳雪何足云薰梅染柳將贈君鉛華之水洗君骨與君相對作真質

相勸酒

羲和騁六轡晝夜不曾閑彈烏崦嵫竹枝馬蟠螭鞭蓐收旣斷翠柳靑帝又造紅蘭堯舜至今萬萬歲數子將爲傾蓋閒靑錢白璧買無端丈夫快意方爲歡臛蠵臑熊何足云又會須鍾飲北海箕踞南山歌淫淫管愔愔橫波好送雕題金人生得意且如此何用強知元化心相勸酒終無輟伏願陛下鴻名終不歇子孫綿如石上葛東長安車駢駢中有梁冀舊宅石崇故園

北中寒

一方黑照三方紫黃河冰合魚龍死三尺木皮斷文理百石強車上河水霜花草上大如錢揮刀不入迷濛天爭瀯海水飛淩喧山瀑無聲玉虹懸

梁臺古愁

梁王臺沼空中立天河之水夜飛入臺前鬬玉作蛟

龍綠粉掃天愁露濕撞鍾飲酒行射天金虎蹙裘噴
血班朝朝暮暮愁海翻長繩繫日樂當年芙蓉凝紅
得秋色蘭臉引春啼脈脈蘆洲客鴈報春來寥落野
篁秋漫白

公無出門

天迷迷地密密熊虺食人魂雪霜斷人骨嗾犬狺狺相
索索舐掌偏宜佩蘭客帝遣乘軒災自息玉星點劒
黃金軛我雖跨馬大得還歷陽湖波大如山毒虬相
視振金鐶狻猊猰貐吐饞涎鮑焦一世披草眠顏回
十九鬢毛班顏回非血衰鮑焦不違天天畏遭銜齧

所以致之然分明猶懼公不信公看呵壁書問天

神絃別曲

巫山小女隔雲別春風松花山上發綠蓋獨穿香逕
歸白馬花竿前孑孑蜀江風澹水如羅墮蘭誰泛相
經過南山桂樹爲君死雲衫殘污紅脂花

綠水辭

今宵好風月阿侯在何處爲有傾人色翻成足愁苦
東湖採蓮葉南湖拔蒲根未持寄小姑且持感愁魂

沙路曲

柳臉半眠丞相樹珮馬釘鈴踏沙路斷燼遺香裊翠

煙燭騎嗚啼上天去帝家玉龍開九關帝前動笏移南山獨再重印押千官金窠篆字紅屈盤沙路歸來聞好語旱火不光天下雨

上之回

上之回大旗喜懸紅雪撻鳳尾劍匣破舞蛟龍蚩九死鼓逢逢天高慶雷齊墜地地無驚煙海千里

高軒過韓愈皇甫湜見過因而命作

華裾織翠青如蔥金環壓轡搖冬瓏馬蹄殼耳聲隆隆入門下馬氣如虹東京才子文章公二十八宿羅心胷九精照耀貫當中殿前作賦聲摩空筆補造化天無功龐眉書客感秋蓬誰知死草生華風我今垂翅附冥鴻他日不羞蛇作龍

貝宮夫人

丁丁海女弄金錢雀釵翹揭雙翅關六宮不語一生閑高懸銀牓照青山長眉凝綠幾千年清涼堪老鏡中鸞秋肌稍覺玉衣寒空光帖妥水如天

蘭香神女廟三月中作

古春年年在閑綠搖暖雲松香飛晚華柳渚含日昏沙砌落紅滿石泉生水芹幽篁畫新粉蛾綠橫曉門弱蕙不勝露山秀愁空春舞珮剪鸞翼帳帶塗輕銀

蘭桂吹濃眉菱藕長華華看兩逢瑶姬乘舩值江君
吹簫飲酒醉結綬金絲裾走天呵白鹿遊水鞭錦鱗
密髮虛鬟飛膩頰凝花勻團鬟分蛛巢穠眉籠小脣
弄蝶和輕妍風光怯腰身深幃金鴨冷奩鏡幽鳳塵
踏霧乘嵐歸撼玉山上聞

送韋仁實兄弟入關

送客飲別酒千觴無赭顏何物最傷心馬首鳴金鐶
野色浩無主秋明空曠閒坐來壯膽破斷目不能看
行槐引西道青梢長攢攢韋郎好兄弟疊玉生文翰
我在山上舍一畝蒿磽田夜雨叫租吏舂聲暗交關
誰解念勞勞蒼突唯南山

洛陽城外別皇甫湜

洛陽吹別風龍門起斷煙冬樹束生澁晚紫凝華天
單身野霜上疲馬飛蓬閒凭軒一雙淚奉墜綠衣前

溪晚涼

白狐向月號山風秋寒掃雲留玉空石煙青濕白如
幢銀灣曉轉流天東溪汀眠鷺夢征鴻輕漣不語細
游溶層岫迴岑複疊龍苦篁對客吟歌筒

官不來題皇甫湜先輩廳

官不來官庭秋老桐錯幹青龍愁書司曹佐走如牛

疊聲問佐官來否官不來門幽幽

長平箭頭歌

漆灰骨末丹水沙淒淒古血生銅花白翎金簳雨中盡直儂三脊殘狼牙我尋平原乘兩馬驛東石田蒿塢下風長日短星蕭蕭黑旗雲濕懸空夜左魂右魄啼肌瘦酪瓶倒盡將羊炙蟲棲鴈病蘆筍紅迴風送客吹陰火訪古汍瀾收斷鏃折鋒赤璺曾封肉南陌東城馬上兒勸我將金換簝竹

江樓曲

樓前流水江陵道鯉魚風起芙蓉老曉釵催鬢語南風抽帆歸來一日功鼉吟浦口飛梅雨竿頭酒旗換青苧蕭騷浪白雲差池黃粉油衫寄郎主新槽酒聲若無力南湖一頃菱花白眼前便有千里愁小玉開屏見山色

塞下曲

胡角引北風薊門白於水天含青海道城頭見千里露下旗濛濛寒金鳴夜刻蕃甲鎖蛇鱗馬嘶青塚白秋靜是旄頭沙遠席箕愁帳北天應盡河聲出塞流

染絲上春機

玉罌汲水花桐井倩絲沈水如雲影美人懶態燕脂

愁春梭抛擲鳴高樓絲線結苔背複疊白袷玉郎寄
桃葉爲君挑鸞作腰綬願君處處宜春酒

五粒小松歌并序

前謝秀才杜雲卿命予作五粒小松歌予以選書多
事不治典實經十日聊道八句以當命意

蛇子蛇孫龍蜿蜒新香幾粒洪崖飯緑波浸葉滿濃
光細束龍鬚絞刀剪主人壁上鋪州圖主人堂前多
俗儒月明白露秋涙滴石笱溪雲肯寄書

塘上行

藕花涼露濕花缺藕根澁飛下雌鴛鴦塘水聲溘溘

呂將軍歌

呂將軍騎赤兔獨携大膽出秦門金粟堆邊哭陵樹
北方逆氣汙青天劒龍夜叫將軍閑將軍振袖揮劒
鍔玉闕朱城有門閣榼榼銀龜摇白馬傅粉女郎火
旗下恒山鐵騎請金槍遥聞箙中花箭香西郊寒蓬
葉如刺皇天新栽養神驥廄中高桁排蹇蹄飽食青
芻飲白水圓蒼低迷蓋張地九州人事皆如此赤山
秀鋌禦時英緑眼將軍會天意

休洗紅

休洗紅洗多紅色淺卿卿騁少年昨日殷橋見封侯

早歸來莫作絃上箭

神絃曲

西山日沒東山昏飈風吹馬馬踏雲畫絃素管聲淺繁花裙縩縩步秋塵桂葉刷風桂墜子青狸哭血寒狐死古壁彩虬金帖尾雨工騎入秋潭水百年老鴞成木魅笑聲碧火巢中起

野歌

鵶翎羽箭山桑弓仰天射落銜蘆鴻麻衣黑肥衝北風帶酒日晚歌田中男兒屈窮心不窮枯榮不等嗔天公寒風又變爲春柳條條看即煙濛濛

神泣

女巫澆酒雲滿空玉爐炭火香鼕鼕寒雲山鬼來座中紙錢窸窣鳴颷風相思木帖金鳳鸞攢娥一啑重一彈呼星召鬼歆杯盤山魅食時人森寒終南日色低平灣神兮長在有無間神顛神喜師更顏送神萬騎還青山

將進酒

琉璃鍾琥珀濃小槽酒滴眞珠紅烹龍炮鳳玉脂泣羅幃繡幕生香風吹龍笛擊鼉鼓皓齒歌細腰舞況是青春日將暮桃花亂落如紅雨勸君終日酩酊醉

酒不到劉伶墳上土

美人梳頭歌

西施曉夢綃帳寒香鬟墮髻半沈檀轆轤咿啞轉鳴玉驚起芙蓉睡新足雙鸞開鏡秋水光解鬟臨鏡立象牀一編香絲雲撒地玉釵落處無聲膩纖手却盤老鴉色翠滑寶釵簪不得春風爛熳惱嬌慵十八鬟多無氣力粧成鬟鬌欹不斜雲裾數步踏鴈沙背人不語向何處下堦自折櫻桃花

月漉漉篇

月漉漉波煙玉莎青桂花繁芙蓉別江木粉態裌羅寒鴈羽鋪煙濕誰能看石帆乘舩鏡中入秋白鮮紅死水香蓮子齊挽菱隔歌袖絲刺罥銀泥

京城

驅馬出門意牢落長安心兩事誰向道自作秋風吟

官街鼓

曉聲隆隆催轉日暮聲隆隆呼月出漢城黃柳映新簾栢陵飛鷰埋香骨碰發千年日長白孝武秦王聽不得從君翠髮蘆花色獨共南山守中國幾迴天上葬神仙漏聲相將無斷緣

許公子鄭姬歌鄭園中作

許史世家外親貴宮錦千段買沉醉銅駝酒熟烘明
膠古堤大柳煙中翠桂開客花名鄭袖入洛聞香鼎
門口先將芍藥獻粧臺後解黃金大如斗莫愁簾中
許合歡清絃十五爲君彈彈聲咽春弄君骨骨興牽
人馬上鞍兩馬八蹄踏蘭苑情如合竹誰能見夜光
玉枕棲鳳凰裕羅當門刺純綫長翻蜀紙卷明君轉
角含商破碧雲自從小靨來東道曲裏長眉人見少
相如塚上生秋栢三秦誰是言情客蛾鬟醉眼拜諸
宗爲謁王孫請曹植

新夏歌

曉木千籠眞蠟綵落蔕枯香數分在陰枝拳牙卷縹
茸長風迴氣扶葱蘢野家麦畦上新壠長畛徘徊桑
柘重刺香滿地菖蒲草雨梁鸞語悲身老三月摇揚
入河道天濃地穠柳梳掃

題歸夢

長安風雨夜書客夢昌谷怡怡中堂笑小弟裁澗菉
家門厚重意望我飢充腹勞勞一寸心燈花照魚目

經沙苑

野水泛長瀾宮牙開小蒨無人柳自春草渚鴛鴦暖
晴嘶卧沙馬老去悲啼展今春還不歸塞嚶折翅鴈

出城別張又新酬李漢 一本文

李子別上國南山崆峒春不聞今夕鼓差慰煎情人趙壹賦命薄馬卿家業貧鄉書無所報紫蕨生石雲長安玉桂國戟帶披侯門慘陰地自光寶馬踏曉昏朧春戲草苑玉輓鳴轠轔綠網縋金鈴霞卷淸池滑開貫瀉蚨母買水防夏蠅時宜裂大袂劍客車盤茵小人如死灰心切生秋榛皇圖跨四海百姓拖長紳光明靄不斷署龜徒甃銀吾將譟禮樂聲調摩淸新欲使十千歲帝道如飛神華實自蒼老流采長傾溢沒沒暗齰舌涕血不敢論今將下東道祭酒而別秦六郡無勦兒長刀誰拭塵地里陽無正快馬逐服轅二子美年少調道調淸渾譏笑斷冬夜家庭跡篠竿曙風起四方秋月當東懸賦詩面投擲悲哉不遇人此别定霑臆越布先裁巾

歌詩編第四終

龍山先生為文章法六經尚奇語詩極精深體備諸家尤長於賀渾源劉京叔為龍山小集敘云古潦井苦夜長等詩雷翰林希顏麻徵君知幾諸公稱之以為全類李長吉亂後隱居海上教授郡侯諸子畢士先與余讀賀詩雖歷歷上口於義理未曉又從而開省之然恨不能盡其傳及龍山入燕吾友孫伯成從之學余繼起海上朝夕侍側垂十五年詩之道頗得聞之嘗云五言之興始於漢而盛於魏雜體之變漸於晉而極於唐窮天地之大竭萬物之富幽之為鬼神明之為日月通天下之情盡天下之變悉歸於吟詠之微逮李長吉一出會古今奇語而臣妾之如千歲石床啼鬼工雄鷄一聲天下白之句詩家比之載鬼一車日中見斗洞庭明月一千里涼風

鴈啼天在水過楚辭遠甚又云賀之樂府
觀其情狀若乾坤開闔萬彙戢戢神其變
也歟駭人耶韓吏部一言為天下法悉力
稱賀杜牧又詩之雄也極所推讓前敘已
詳矣人雖欲為賀莫敢企之者蓋知之猶
難行之愈難也至有慱洽書傳而賀集不
一過目為可惜也
雙溪中書君詩鳴於世得賀最深嘗與龍

山論詩及賀出所藏舊本乃司馬温公物
也然亦不無少異龍山因之校定且曰喜
賀者尚少況其作者耶意欲刊行以廣其
傳與有知之者會病不起余與伯成緒其
志而為之此書行學賀者多矣未必不發
自吾龍山也丙辰秋日碣石趙衍題